Johann B. Lassleben, Albert Reich

Du deutsches Kind

Eine Gabe für unsere Jugend

Johann B. Lassleben, Albert Reich

Du deutsches Kind
Eine Gabe für unsere Jugend

ISBN/EAN: 9783337359836

Hergestellt in Europa, USA, Kanada, Australien, Japan

Cover: Foto ©Andreas Hilbeck / pixelio.de

Weitere Bücher finden Sie auf **www.hansebooks.com**

Du deutsches Kind!

Eine Gabe für unsere Jugend.

Dargereicht von J. B. Laßleben.

Bilder von Albert Reich.

Hochwald-Verlag München-Kallmünz

Ein jeder nehme wohl in acht,
was Lust und Ehr' ihm hat
gebracht:
    Der Wirt seinen Krug,
    der Krämer sein Tuch,
    der Bauer seinen Pflug,
    das Kind sein Buch.

Robert Reinick.

Druck von Michael Laßleben (Oberpfalz-Verlag)

Kallmünz/Bayern 1922

Zum Tagewerk.

Gehe hin in Gottes Namen
greif dein Werk mit Freuden an!
Frühe säe deinen Samen!
Was getan ist, ist getan.

Sieh nicht aus nach dem
    Entfernten;
was dir nah' liegt, mußt du tun.
Säen mußt du, willst du ernten;
nur die fleiß'ge Hand wird ruhn.

Müßigstehen ist gefährlich,
heilsam unverdroßner Fleiß;
und es steht dir abends ehrlich
an der Stirn des Tages Schweiß.

Weißt du auch nicht, was
    geraten
oder was mißlingen mag,
folgt doch allen guten Taten
Gottes Segen für dich nach.

Geh denn hin in Gottes
    Namen,
greif dein Werk mit Freuden an!
Frühe säe deinen Samen!
Was getan ist, ist getan.

Philipp Spitta.

Der Vater und die drei Söhne.

An Jahren alt, an Gütern reich,
teilt' einst ein Vater sein Vermögen
und den mit Müh erworb'nen
Segen
selbst unter die drei Söhne gleich.
„Ein Diamant ist's," sprach der
Alte,
„den ich für den von euch behalte,
der mittels einer edlen Tat
darauf den größten Anspruch hat."

Um diesen Anspruch zu
erlangen,
sieht man die Söhne sich zerstreu'n.
Drei Monden waren kaum
vergangen,
so stellten sie sich wieder ein.

Drauf sprach der älteste der
Brüder:
„Hört! es vertraut' ein fremder
Mann
sein Gut ohn' einen Schein mir an;
ich gab es ihm getreulich wieder.
Sagt, war die Tat nicht
lobenswert?" —
„Du tat'st, mein Sohn, was sich
gehört,"
ließ sich der Vater hier vernehmen;
„wer anders tut, der muß sich
schämen;

7

denn ehrlich sein ist unsre Pflicht.
Die Tat ist gut, doch edel nicht."

Der zweite sprach: „Auf meiner
    Reise
fiel einmal unachtsamerweise
ein Kind in einen tiefen See.

Ich stürzt' ihm nach, zog's in die
Höh
und rettete dem Kind das Leben.
Ein ganzes Dorf kann Zeugnis
geben." —
„Du tatest," sprach der Greis, „mein
Kind,
was wir als Menschen schuldig
sind."

Der jüngste sprach: „Bei seinen

Schafen
war einst mein Feind fest
eingeschlafen
an eines tiefen Abgrunds Rand;
sein Leben stand in meiner Hand.
Ich weckt' ihn und zog ihn
zurücke." —
„O," rief der Greis mit holdem
Blicke,
„Dein ist der Ring! Welch edler Mut,
wenn man dem Feinde Gutes tut."

M. G. Lichtwer.

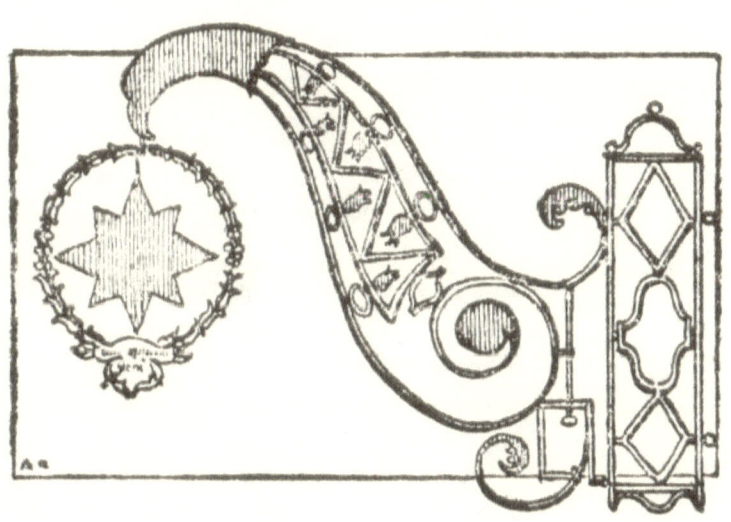

Das Tischgebet.

An der Tafel im Gasthaus zum
goldnen Stern
waren beisammen viel reiche Herrn.
Vor ihnen standen aus Küch' und
Keller
gar lieblich lockend die Flaschen
und Teller.
Schon saßen sie da in plaudernden
Gruppen,
die Kellner reichten die dampfenden
Suppen
und mehr noch begann Gemüs'
und Braten
mit süßem Wohlgeruch zu laden.

Da kam zur Türe still herein
ein Fremder mit seinem Töchterlein
und setzte sich unten am langen
Tisch,
um auch zu kosten von Wein und
Fisch.
Oben klirrten die Löffel und Messer,
klangen die Gläser und scherzten
die Esser.

Da tönt auf einmal gar hell und fein
eine Stimme in den Lärm hinein,
wie wenn von fern ein Glöcklein
klingt,
wie wenn im Wald ein Vogel singt.
Und wie auch der Strom der Rede

rauscht,
still wird es rings und jeder lauscht:
der Krieger, der von den Schlachten
erzählt,
der Kaufmann, der über die Zölle
geschmält,
die Reisenden, die von Abenteuern
gesprochen und von Ungeheuern,
die Stutzer, die von Pferd und
Wagen
und Hunden und Moden so vieles
sagen.

    Und wie sie schauen nach dem
    Orte,
von woher dringen die lieblichen
Worte:
mit gefalteten Händen das Mädchen
steht
und spricht sein gewohntes
Tischgebet.
Und wie beseelt von höherem Geist
falten auch sie die Hände zumeist
und horchen alle mit rechtem Fleiße
auf des betenden Kindes Weise.
Drauf setzt es sich nieder mit stiller
Freude
und achtet nicht auf all die Leute.
Die aber, ergriffen im tiefsten
Innern,
mußten sich oft noch daran
erinnern.
Und mancher hat wieder gebetet
fortan,
was er schon lange nicht mehr

getan.

Friedrich Güll.

Dem Vaterland.

Das ist ein hohes, helles Wort,
   Dem Vaterland!
das hallt durch unsre Herzen fort
wie Waldesrauschen,
Glockenklang,
Drommetenschmettern,
Lerchensang;
das fällt, ein Blitz, in unsre Brust,
zu heil'ger Flamme wird die Lust!
   Dem Vaterland!

   Dem Vaterland!
Das Wort gibt Flügel dir, o Herz.
Flieg auf, flieg auf, schau
niederwärts
die Wälder, Ströme, Tal' und
Höhn;
o deutsches Land, wie bist du
schön!
Und überall klingt Liederschall
und überall e i n Widerhall:
   Dem Vaterland!

   Dem Vaterland!
Das seinen Töchtern hat beschert
der keuschen Liebe stillen Herd,
das seinen Söhnen gab als Hort
die freie Tat, das treue Wort,
das feiner Ehren blanken Schild
zu wahren allzeit sei gewillt, —
   dem Vaterland!

Dem Vaterland!
O hohes Wort, o helles Wort,
du tön' für alle Zeiten fort
wie Waldesrauschen,
Glockenklang,
Drommetenschmettern,
Lerchensang!
zu heil'ger Flamme weih' die
Lust,
so lange schlägt die deutsche
Brust
  dem Vaterland!
Heil dir, Heil dir, du deutsches
Land!

Robert Reinick.

15

Deutscher Rat.

Vor allem eins, mein Kind: Sei treu
und wahr,
laß nie die Lüge deinen Mund
entweih'n!
Von alters her im deutschen Volke
war
der höchste Ruhm, getreu und
wahr zu sein.

Du bist ein deutsches Kind, so
denke dran;
noch bist du jung, noch ist es nicht
so schwer.
Aus einem Knaben aber wird ein
Mann;
das Bäumchen biegt sich, doch der
Baum nicht mehr.

Sprich ja und nein und dreh' und
deutle nicht!
Was du berichtest, sage kurz und
schlicht;
was du gelobest, sei dir höchste
Pflicht!
Dein Wort sei heilig, drum
verschwend' es nicht!

Leicht schleicht die Lüge sich ans
Herz heran;
zuerst ein Zwerg, ein Riese
hintennach;
doch dein Gewissen zeigt den Feind

dir an,
und eine Stimme ruft in dir: „Sei
wach!"

Dann wach' und kämpf, es ist ein
Feind bereit:
Die Lüg' in dir, sie drohet dir
Gefahr.
Kind! Deutsche kämpften tapfer
allezeit.
Du, deutsches Kind, sei t a p f e r ,
t r e u u n d w a h r!

Robert Reinick.

Geschichte vom Nußknacker.

Zwei Knaben hatten im Walde Haselnüsse gepflückt, saßen unter den Stauden und wollten Nüsse essen; aber keiner hatte sein Messerlein bei sich, und mit den Zähnen konnten sie sie nicht aufbeißen. Da jammerten sie sehr und sagten: „Ach, käme doch nur jemand, der uns unsre Nüsse aufknacken wollte!" Kaum gesagt, so kam ein kleines Männlein durch den Wald einher gezogen. Aber wie sah das Männlein aus? Es hatte einen großen, großen Kopf, an dem ein langer, steifer Zopf bis an die Ferse herabhing, eine goldene Mütze, ein rotes Kleid und gelbes Höslein. Indem es nun so einhertrippelte, brummte es das Liedlein:

„Heiß, heiß,
beiß, beiß
Hans heiß' ich,
Nüsse beiß' ich;
geh' gern in den grünen Wald,
wenn die Nuß vom Strauche fallt;
mach's dem lust'gen Eichhorn
nach,
knack' und nag' den ganzen

Tag!"

Die Knaben mußten sich schier zu Tode lachen über den kleinen, drolligen Burschen, den sie für ein Waldzwerglein hielten. Sie riefen ihm zu: „Wenn du Nüsse beißen willst, so komm her und knack' uns diese auf, damit wir sie essen können!" —Da brummte das Männlein in seinen langen weißen Bart:

> „Hansl heiß' ich,
> Nüsse beiß' ich;
> hab' ich aber mich beflissen,
> euch ein Dutzend aufgebissen,
> gebt mir zum Lohn
> ein paar davon!"

„Ja, ja!" schrien die Buben, „du kannst mitessen, knacke nur fleißig auf."—Das Männlein stellte sich zu ihnen hin—denn am Sitzen hinderte es sein steifer Zopf—und sprach:

> „Hebet auf den langen Zopf,
> schiebt die Nuß in meinen Kropf,
> drücket nieder und so fort,
> schnell ist jede Nuß durchbohrt."

Also taten sie, und hörten das Lachen nicht auf, wenn sie den Kleinen immer beim Zopfe nehmen mußten und nach jedem tüchtigen Knack die Nuß aus dem Munde sprang. Bald waren alle Nüsse aufgebissen, und das Männlein brummte:

„Heiß, heiß,
beiß, beiß,
will meinen Lohn
nun auch davon!"

Der eine der Knaben wollte nun dem Männlein den versprochenen Lohn spenden; der andere aber, ein böser Bube, hinderte ihn daran, indem er sprach: „Warum willst du dem Bürschlein von unsern Nüssen geben? Wir wollen sie allein essen. Geh nur fort jetzt, Nußbeißer, und suche dir deine Nüsse selbst!"

Da ward das Nußbeißerlein gewaltig erzürnt und brummte:

„Gibst du mir keine Nuß,
so machst du mir Verdruß;
ich nehme dich beim Schopf
und beiß' dir ab den Kopf!"

Da lachte der böse Bube und sagte: „Du mir den Kopf abbeißen? Mache lieber, daß du fortkommst, sonst laß' ich dich mein Haselstaudengertlein fühlen!" Zugleich drohte er mit seinem Stöcklein; der Nußknacker wurde ganz rot vor Zorn, hob sich mit einem Händchen den Zopf auf, schnappte wie ein Fisch im Wasser und—knack— der Kopf war weg.

Das ist die Geschichte von dem ersten Nußknacker. Habt wohl acht, Kinder, daß euch die Köpfe oder wenigstens die Fingerlein nicht abgebissen werden; denn wie ihr Ahnherr, so machen auch die Enkel und Urenkel des Nußknackergeschlechts mit bösen Kindern nicht lange Federlesens!

F. v. Pocci.

Der alte Landmann an seinen Sohn.

Üb' immer Treu und Redlichkeit
bis an dein kühles Grab
und weiche keinen Finger breit
von Gottes Wegen ab!
Dann wirst du wie auf grünen
Au'n
durchs Erdenleben gehn;
dann kannst du sonder Furcht
und Grau'n
dem Tod ins Auge sehn.

Dann wird die Sichel und der
Pflug
in deiner Hand so leicht;
dann singest du beim
Wasserkrug,
als wär' dir Wein gereicht.
Dem Bösewicht wird alles schwer,
er tue, was er tu'.

Der Teufel treibt ihn hin und her
und läßt ihm keine Ruh'.
Der schöne Frühling lacht ihm
nicht;
ihm lacht kein Ährenfeld;
er ist auf Lug und Trug erpicht
und wünscht sich nichts als
Geld.
Der Wind im Hain, das Laub am
Baum
saust ihm Entsetzen zu.
Er findet nach des Lebens Traum
im Grabe keine Ruh'.
Sohn, übe Treu' und Redlichkeit
bis an dein kühles Grab
und weiche keinen Finger breit
von Gottes Wegen ab!
Dann suchen Enkel deine Gruft
und weinen Tränen drauf,
und Sonnenblumen, voll von
Duft,
Blühn aus den Tränen auf.

Hölty.

Der getreue Eckart.

„O wären wir weiter, o wär' ich
    zu Haus!
Sie kommen, da kommt schon der
nächtliche Graus;
sie sind's, die unholdigen
Schwestern.
Sie streifen heran und sie finden
uns hier,
sie trinken das mühsam geholte, das
Bier,
und lassen nur leer uns die Krüge."

So sprechen die Kinder und
    drücken sich schnell;
da zeigt sich vor ihnen ein alter
Gesell:
„Nur stille, Kind! Kinderlein, stille!
Die Hulden, sie kommen von
durstiger Jagd,
und laßt ihr sie trinken, wie's jeder
behagt,
dann sind sie euch hold, die
Unholden."

Gesagt, so geschehn! Und da
    naht sich der Graus
und siehet so grau und so
schattenhaft aus,
doch schlürft es und schlampft es
aufs beste.
Das Bier ist verschwunden, die

Krüge sind leer;
Nun saust es und braust es, das
wütige Heer,
ins weite Getal und Gebirge.

    Die Kinderlein ängstlich gen
    Hause so schnell,
gesellt sich zu ihnen der fromme
Gesell:
„Ihr Püppchen, nur seid mir nicht
traurig!" —
„Wir kriegen nun Schelten und
Streich' bis aufs Blut!" —
„Nein keineswegs, alles geht
herrlich und gut,
nur schweiget und horchet wie
Mäuslein!

Und der es euch anrät und der es
befiehlt,
er ist es, der gern mit den Kindelein
spielt,
der alte Getreue, der Eckart.

Vom Wundermann hat man euch
immer erzählt;
nur hat die Bestätigung jedem
gefehlt,
die habt ihr nun köstlich in
Händen."

    Sie kommen nach Hause, sie
      setzen den Krug
ein jedes den Eltern bescheiden
genug
und harren der Schläg' und der
Schelten.
Doch siehe, man kostet: „Ein
herrliches Bier!"
Man trinkt in die Runde schon
dreimal und vier
und noch nimmt der Krug nicht ein
Ende.

    Das Wunder, es dauert zum
      morgenden Tag;
doch fraget, wer immer zu fragen
vermag:
„Wie ist's mit den Krügen
ergangen?"
Die Mäuslein, sie lächeln, im stillen
ergötzt;
Sie stammeln und stottern und
schwatzen zuletzt
und gleich sind vertrocknet die
Krüge.

    Und wenn euch, ihr Kinder, mit
      treuem Gesicht
ein Vater, ein Lehrer, ein Aldermann

spricht,
so horchet und folget ihm
pünktlich!
Und liegt auch das Zünglein in
peinlicher Hut,
verplaudern ist schädlich,
verschweigen ist gut;
dann füllt sich das Bier in den
Krügen.

Goethe.

Die beiden Pflugscharen.

Von gleicher Art des Eisens wurden in einer Werkstätte zwei Pflugscharen verfertigt. Eine davon kam in die Hand eines Landmannes, die andere ward in einen Winkel gestellt. Erst nach mehreren Monaten erinnerte man sich derselben, zog sie aus ihrer Ruhe hervor, und siehe! sie war ganz mit Rost bedeckt. Wie erstaunte sie, als sie ihre Gefährtin wiedersah und sich selbst mit ihr verglich! Denn diese fand sie hell und glatt, ja, glänzender als sie anfangs gewesen war. „Ist das möglich?" rief die verrostete aus; „einst waren wir einander gleich; was hat dich so herrlich gemacht, während ich in der glücklichsten Ruhe so verunstaltet worden bin?" — „Eben diese Ruhe", erwiderte jene, „war dir verderblich. Mich hat Übung und Arbeit erhalten, und diesen verdanke ich die Schönheit, in der ich dich jetzt übertreffe."

G. Meißner.

Die beiden Äxte.

Ein Zimmermann ließ seine Axt in einen tiefen Strom fallen und bat den Flußgott inbrünstig, er möchte ihm, da er arm sei, wieder dazu verhelfen. Der Flußgott war so gnädig, stieg auf und brachte eine — goldene Axt zum Vorschein.

„Das ist die meinige nicht!" sprach der Zimmermann ganz gelassen. — Der Geist tauchte von neuem unter und langte eine silberne hervor.

„Auch diese gehört mir nicht!" sprach der Arme und zum

dritten Male langte der Flußgott eine Axt von Eisen mit einem hölzernen Stiele heraus. —

„Das ist die rechte! das ist sie!" rief der Arbeitsmann fröhlich.

„Gut! Ich sehe, du bist eben so wahrhaft und ehrlich, als arm", sprach der mitleidige Geist. „Zur Belohnung nimm alle drei mit."

Die Geschichte ward bald in der ganzen Gegend ruchbar. Ein Schalk, der sie erfahren, nahm sich vor zu versuchen, ob auch gegen ihn der Flußgott so mildtätig sein würde. Er ließ seine Axt mit Willen in den Strom fallen, flehte zum Flußgott und hatte das Vergnügen, ihn aufsteigen zu sehen. Er klagte ihm seinen Verlust, und der Geist brachte, wie ehemals, eine goldene hervor.

„Ist sie das, mein Sohn?"

„Ja, ja, das ist sie!" antwortete der Lügner und griff schon darnach. „Halt, Nichtswürdiger!" erschallte nun die Stimme des erzürnten Geistes. „Glaubst du denjenigen zu hintergehen, der bis ins Innere deines Herzens blicken kann? Zur Strafe deines Lugs und Betrugs verliere auch dasjenige, was bisher dein war!" Und ohne Axt mußte er nach Hause wandern.

G. Meißner.

Sparbüchslein.

Teuer ist die War'
und das Geld ist rar:
   Spar'!

Lang ist auch das Jahr,
groß der Tage Schar:
   Spar'!

Eh' dein Geld ist gar,
jetzt und immerdar:
   Spar'!

Spar' für die Gefahr,
für die grauen Haar:
   Spar'!

Sag' nicht: Wenn und zwar! —
Bis zu deiner Bahr:
   Spar'!

Friedrich Güll.

Wie Kaiser Karl Schulvisitation hielt.

Als Kaiser Karl zur Schule kam und
   wollte visitieren,
da prüft' er scharf das kleine Volk, ihr
Schreiben, Buchstabieren,
ihr Vaterunser, Einmaleins, und was
man lernte mehr;
zum Schlusse rief die Majestät die
Schüler um sich her.

Gleichwie der Hirte schied er da die
   Böcke von den Schafen,
zu seiner Rechten hieß er stehn die
Fleißigen, die Braven.
Da stand im groben Linnenkleid
manch schlichtes Bürgerkind,
manch Söhnlein eines armen Knechts
von Kaisers Hofgesind'.

Dann rief er mit gestrengem Blick
   die Faulen her, die Böcke,
und wies sie mit erhobner Hand zur
Linken in die Ecke;
da stand im pelzverbrämten Rock
manch feiner Herrensohn,
manch ungezognes Mutterkind,
manch junger Reichsbaron.

Da sprach nach rechts der Kaiser
   mild: „Habt Dank, ihr frommen
   Knaben,
ihr sollt' an mir den gnäd'gen Herrn,
den güt'gen Vater haben;

und ob ihr armer Leute Kind und
Knechtesöhne seid,
in meinem Reiche gilt der Mann und
nicht des Mannes Kleid."

    Dann blitzt' sein Blick zur Linken
    hin, wie Donner klang sein Tadel:
„Ihr Taugenichtse, bessert euch, ihr
schändet euren Adel;
ihr seidnen Püppchen, trotzet nicht
auf euer Milchgesicht,
ich frage nach des Manns Verdienst,
nach seinem Namen nicht!"

    Da sah man manches Kindesaug' in
    frohem Glanze leuchten
und manches stumm zu Boden sehn
und manches still sich feuchten;
und als man aus der Schule kam, da
wurde viel erzählt,
wen heute Kaiser Karl gelobt, und
wen er ausgeschmält.

    Und wie's der große Kaiser hielt, so
    soll man's allzeit halten
im Schulhaus mit dem kleinen Volk,
im Staate mit den Alten:
Den Platz nach Kunst und nicht nach
Gunst, den Stand nach dem Verstand,
so steht es in der Schule wohl und gut
im Vaterland.

Karl Gerock.

Hurtig an die Arbeit.

Mein Kind, du bist schon lang
der Mutter aus der Wiegen;
nun hilf dir selbst; wie du
dich bettest, wirst du liegen.
Die Flügel wuchsen dir,
gebrauche sie zum Fliegen!
Der kommt nicht auf den Berg,
der nicht hinaufgestiegen.
Greif an die Schwierigkeit,
so wirst du sie besiegen!

Friedrich Rückert.

40

Meister, Geselle und Lehrling.

Wer soll Meister sein? Wer was
ersann.
Wer soll Geselle sein? Wer was
kann.
Wer soll Lehrling sein?
Jedermann.

Joh. Wolfg. v.
Goethe.

Der Künstler und sein Sohn.

Der Meister saß in seiner Werkstätte und meißelte an einem Herkules. Da trat eines Tages sein Söhnlein zu ihm und fragte: „Vater, was machst du da?" Der Vater antwortete: „Ich bildne einen Herkules." Und er erzählte ihm darauf, wie ein gar großer und gewaltiger Mann der gewesen, und wie er Löwen und Schlangen und Riesen erlegt, und noch viele andere wundersame Heldenstücke getan. Da sagte der Knabe: „Vater, ich will auch einen Herkules machen." — „Tue das, mein Kind!" versetzte der Meister lächelnd. Und er gab demselben einen Klumpen Ton, aus dem jener den Herkules machen könnte. Nach einiger Zeit fragte der Vater: „Wie ist's mit dem Herkules?" Der Knabe antwortete: „Es fügt sich nicht recht; ich will lieber einen Reiter machen." Der Vater nickte und sprach: „So mach' denn einen Reiter!" Nach einer Weile stiller Arbeit rief der Knabe: „Vater, es geht mit dem Reiter auch nicht; ich will nur gleich einen Hanswurst machen." Und er knetete nun aus dem Ton zuerst einen großen Wanst; dann fügte er Hände und Füße daran und setzte zuletzt einen spitzen Hut drauf, unter dem ein Kopf stak mit einer großen Nase. So war denn der Hanswurst fertig. Das Söhnlein klatschte voll Freuden sich in die Hände; der Vater aber schüttelte den Kopf und dachte sich, — was sich jeder leicht denken kann.

Ludwig
Aurbacher.

Die Pfirsiche.

Ein Landmann brachte aus der Stadt fünf Pfirsiche mit, die schönsten, die man sehen konnte. Seine Kinder aber sahen diese Frucht zum erstenmale. Deshalb wunderten und freuten sie sich sehr über die schönen Äpfel mit den rötlichen Backen und dem zarten Flaum. Darauf verteilte sie der Vater unter seine vier Knaben, und einen erhielt die Mutter.

Am Abend, als die Kinder in das Schlafkämmerlein gingen, fragte der Vater: „Nun, wie haben euch die schönen Äpfel geschmeckt?" „Herrlich, lieber Vater!" sagte der Älteste. „Es ist eine schöne Frucht, so säuerlich und so sanft von Geschmack. Ich habe mir den Stein sorgsam bewahrt und will mir daraus einen Baum erziehen." „Brav!" sagte der Vater; „das heißt haushälterisch auch für die Zukunft gesorgt, wie es dem Landmanne geziemt!"

„Ich habe den meinigen sogleich aufgegessen," rief der Jüngste, „und den Stein fortgeworfen, und die Mutter hat mir die Hälfte von dem ihrigen gegeben. O! das schmeckte so süß und zerschmilzt einem im Munde." „Nun," sagte der Vater, „du hast zwar nicht sehr klug, aber doch natürlich und nach kindlicher Weise gehandelt. Für die Klugheit ist auch noch Raum genug im Leben."

Da begann der zweite Sohn: „Ich habe den Stein, den der kleine Bruder fortwarf, aufgehoben und zerklopft. Es war ein Kern darin, der schmeckte so süß wie eine Nuß. Aber meinen Pfirsich habe ich verkauft und so viel Geld dafür erhalten, daß ich, wenn ich nach der Stadt komme, wohl zwölf dafür kaufen kann." Der Vater schüttelte den Kopf und sagte: „Klug ist das wohl, aber kindlich und natürlich war es nicht."

„Und du Edmund?" fragte der Vater. Unbefangen und offen antwortete Edmund: „Ich habe meinen Pfirsich dem Sohne unseres Nachbars, dem kranken Georg, der das Fieber hat, gebracht, er wollte ihn nicht nehmen. Da habe ich ihn auf sein Bett gelegt und bin hinweggegangen."

„Nun!" sagte der Vater, „wer hat denn wohl den besten Gebrauch von seinem Pfirsich gemacht?" Da riefen sie alle drei: „Das hat Bruder Edmund getan!" Edmund aber schwieg still. Und die Mutter umarmte ihn mit einer Träne im Auge.

A. Krummacher.

Die treuen Brüder.

Zur Zeit der Ernte kamen zwei rüstige Jünglinge aus dem Gebirg herab in das ebene Land, wo es an Arbeitern fehlte und sagten zu einem Bauern: „Wir beide wollen euch die ganze Erntezeit hindurch helfen, euer Getreide hereinzubringen, wenn ihr uns die Kost und zehn Taler Lohn gebt!"

„Zehn Taler ist zu viel," sagte der Bauer; „ich meine, zehn Gulden[1] wären mehr als genug." „Nein," sagten die Jünglinge, „es müssen gerade zehn Taler sein, mit weniger ist uns nicht geholfen. Wollt ihr uns nicht so viel geben, so bieten wir unsere Dienste einem andern an."

„Wozu habt ihr denn so viel Geld notwendig?" fragte der Bauer. „Seht," sagten sie, „wir haben zu Hause einen jüngeren Bruder, der bereits vierzehn Jahre alt ist. Ein geschickter Wagner will ihn in die Lehre nehmen, verlangt aber durchaus zehn Taler Lehrgeld. So viel Geld aber weiß unser alter Vater nicht aufzubringen. Da haben wir zwei ältere Brüder uns denn verabredet, dieses Geld zu verdienen."

„Nun wohl," sagte der Bauer, „wegen eurer brüderlichen Liebe will ich euch zehn Taler geben, wenn ihr so fleißig arbeitet, daß ich damit zufrieden sein kann."

Die beiden Brüder arbeiteten an den heißen Erntetagen unermüdet im Schweiße ihres Angesichtes; sie waren morgens am frühesten auf und legten sich abends am spätesten zur Ruhe.

Als die Ernte glücklich eingebracht war, bezahlte der Bauer ihnen die zehn Taler und sprach: „Ihr habt euern Lohn redlich verdient und da gebe ich jedem von euch noch einen

Taler darüber."

Wenn Geschwister einig leben,
treulich sich zu helfen streben —
kann es etwas Schönr'es geben?

Chr. v. Schmid.

Der Bauer und sein Sohn.

Ein guter dummer Bauernknabe,
den Junker Hans einst mit auf
Reisen nahm
und der, trotz seinem Herrn, mit
einer guten Gabe
recht dreist zu lügen wiederkam,
ging kurz nach der vollbrachten
Reise
mit seinem Vater über Land.
Fritz, der im Geh'n recht Zeit zum
Lügen fand,
log auf die unverschämt'ste Weise.
Zu seinem Unglück kam ein großer
Hund gerannt.
„Ja, Vater," rief der unverschämte
Knabe,
„ihr mögt mir glauben oder nicht,
so sag' ich euch und jedem ins
Gesicht,
daß ich einst einen Hund im
Haag[2] gesehen habe,
hart an dem Weg, wo man nach
Frankreich fährt,
der — ja, ich bin nicht ehrenwert,
wenn er nicht größer war als euer
größtes Pferd."

„Das," spricht der Vater, nimmt
  mich wunder,
wiewohl ein jeder Ort läßt
Wunderdinge seh'n.
Wir zum Exempel geh'n jetzunder
und werden keine Stunde geh'n,
so wirst du eine Brücke seh'n,

50

(wir müssen selbst darüber geh'n),
die hat dir manchen schon
betrogen;
(denn überhaupt soll's dort nicht
gar zu richtig sein).
Auf dieser Brücke liegt ein Stein,
an den stößt man, wenn man
denselben Tag gelogen,
und fällt und bricht sogleich das
Bein."

Der Bub' erschrak, sobald er dies
vernommen.
„Ach," sprach er, „lauft doch nicht
so sehr!
Doch, wieder auf den Hund zu
kommen,
wie groß sagt' ich, daß er gewesen
wär'?
Wie euer größtes Pferd? Dazu will
viel gehören.
Der Hund, jetzt fällt mir's ein, war
erst ein halbes Jahr;
allein, das wollt' ich wohl
beschwören,
daß er so groß als mancher Ochse
war."

Sie gingen noch ein gutes Stücke;
doch Fritzen schlug das Herz. Wie
konnt' es anders sein?
Denn niemand bricht doch gern ein
Bein.
Er sah nunmehr die richterliche
Brücke —

und fühlte schon den Beinbruch
halb.
„Ja, Vater," fing er an, „der Hund,
von dem ich rede,
war groß, und wenn ich ihn auch
was vergrößert hätte,
so war er doch viel größer als ein
Kalb."

    Die Brücke kommt. Fritz! Fritz!
    wie wird dir's gehen!
Der Vater geht voran; doch Fritz
hält ihn geschwind.
„Ach, Vater," spricht er, „seid kein
Kind
und glaubt, daß ich dergleichen
Hund gesehen;
denn kurz und gut, eh' wir darüber
gehen,
der Hund war nur so groß, wie alle
Hunde sind."

Christian
Fürchtegott
Gellert

Das Kind.

Die Mutter lag im
Totenschrein,
zum letzten Mal geschmückt;
da spielt das kleine Kind herein,
das staunend sie erblickt.

Die Blumenkron' im blonden
Haar
gefällt ihm gar zu sehr,
die Busenblumen, bunt und klar,
zum Strauß gereiht, noch mehr.

Und sanft und schmeichelnd
ruft es aus:
„du, liebe Mutter, gib
mir eine Blum aus deinem Strauß,
ich hab' dich auch so lieb!"

Und als die Mutter es nicht tut,
da denkt das Kind für sich:
„Sie schläft, doch wenn sie
ausgeruht,
so tut sie's sicherlich."

Schleicht fort, so leis' es immer
kann,
und schließt die Türe sacht
und lauscht von Zeit zu Zeit
daran,
ob Mutter noch nicht wacht.

Friedrich Hebbel.

Das Kind am Brunnen.

Frau Amme, Frau Amme, das
Kind ist erwacht!
Doch die liegt ruhig im Schlafe.
Die Vöglein zwitschern, die
Sonne lacht,
am Hügel weiden die Schafe.
Frau Amme, Frau Amme, das
Kind steht auf,
es wagt sich weiter und weiter!
Hinab zum Brunnen nimmt es
den Lauf,
da stehen Blumen und Kräuter.
Frau Amme, Frau Amme, der
Brunnen ist tief!
Sie schläft, als läge sie drinnen.
Das Kind läuft schnell, wie es nie
noch lief,
die Blumen lockens von hinnen.
Nun steht es am Brunnen, nun
steht es am Ziel,
nun pflückt es die Blumen sich
munter;
doch bald ermüdet das reizende
Spiel,
da schaut's in die Tiefe hinunter.
Und unten erblickt es ein holdes
Gesicht
mit Augen, so hell und so süße.
Es ist sein eignes, das weiß es
noch nicht,
viel stumme freundliche Grüße!

Das Kindlein winkt, der Schatten
geschwind
winkt aus der Tiefe ihm wieder.
Herauf! Herauf! so meint's das
Kind;
der Schatten: Hernieder!
Hernieder!
Schon beugt es sich über den
Brunnenrand.
Frau Amme, du schläfst noch
immer!

Da fallen die Blumen ihm aus der
Hand
und trüben den lockenden

Schimmer.
Verschwunden ist sie, die süße
Gestalt,
verschluckt von der hüpfenden
Welle;
das Kind durchschauert's fremd
und kalt,
und schnell enteilt es der Stelle.

Friedrich Hebbel.

Des Mägdleins Schmuck.

Es wächst ein Blümlein
B e s c h e i d e n h e i t,
der Mägdlein Kränzel und
Ehrenkleid.
Wer solches Blümlein sich frisch
erhält,
dem blühet golden die ganze
Welt.

Auch wird ein zweites, das
D e m u t heißt,
als Schmuck der Mägdelein hoch
gepreist.
Die Englein, singend an Gottes
Thron,
es trag'n als Demant in goldner
Kron'.

Ein drittes Blümlein, wo diese
zwei
nur stehen, immer ist dicht dabei:
heißt U n s c h u l d, sieht gar
freundlich aus,
das schönste Blümchen im
Frühlingsstrauß.

So pflege, Mägdlein, die Blümlein
drei
mit frommer Sorge und stiller
Treu'!
Denn wer sie wahret, wird
nimmer alt,

er trägt die himmlische
Wohlgestalt.

Ernst Moritz
Arndt.

———————————————————

Der Jähzorn.

Ein junger Schäfer hütete im Gebirge seine Schafe. Eines Tages saß er auf einem Felsenstücke in dem Schatten einer Tanne. Er schlief ein und wankte und nickte im Schlafe beständig mit dem vorwärts hängenden Kopfe. Der Schafbock, der nicht weit von ihm graste, meinte, der Schäfer fordere ihn zum Zweikampfe heraus und wolle mit ihm stoßen. Der Bock nahm daher eine drohende Stellung, ging, um einen rechten Anlauf zu nehmen, einige Schritte zurück, rannte dann auf den Schäfer zu und versetzte ihm mit seinen Hörnern einen gewaltigen Stoß. Der Schäfer, der sich aus seinem süßen Schlummer so unsanft geweckt sah, geriet in wütenden Zorn. Er sprang auf, packte den Bock mit beiden Fäusten und schleuderte ihn weit von sich. Der verscheuchte Bock rannte fort und stürzte in den nahen Abgrund. Die Schafe, wohl ihrer hundert, sprangen dem Bocke nach und wurden an den Felsen elend zerschmettert. Der Schäfer aber raufte sich vor Jammer die Haare aus und bereute zu spät seinen Jähzorn.

Chr. v. Schmid.

Eifer führt zum Ziel.

Der Hase verspottete einst die Schildkröte ihrer Langsamkeit wegen. „Die Natur", erwiderte diese, „hat mir freilich keinen schnellen Schritt verliehen; dennoch getraue ich mir wohl mit dir um die Wette zu laufen."

Mit Hohn und Scherz ward von dem Hasen dieser Vorschlag angenommen. Man bestimmte ein Ziel. Beide machten sich zu gleicher Zeit auf den Weg. Und unermüdet kroch auf schnurgeradem Pfade die Schildkröte fort. Ganz anders machte es der Hase. Um zu zeigen, wie sehr er seinen Mitbewerber verachte, hüpfte er bald rechts bald links und kam demungeachtet viel früher bis auf die Mitte des Weges. Ermüdet von den vielen Seitensprüngen legte er allda sich nieder um ein wenig zu schlummern. „Ich kann ja doch", dachte er bei sich selbst, „die Schildkröte mit drei oder vier Sprüngen wieder einholen!" So schlief er ruhig, bis er von einem lauten Gelächter der Zuschauer erwachte. Jetzt wollte er sich hurtig aufraffen und ans Ziel eilen, als er — o Schande! — die Schildkröte bereits an demselben erblickte.

A. G. Meißner.

Einer für alle.

Beim Sturm auf Lüttich (1914) hatte eine deutsche Batterie nach schweren Verlusten eine gute Stellung gewonnen. Immer hitziger wurde der Kampf. Die schwere Artillerie der Festung schleuderte dem Angreifer zentnerschwere Granaten entgegen. Da plötzlich — es war auf dem Höhepunkt des heißen Artilleriekampfes — fällt eines dieser Riesengeschosse mit dumpfem Schlag mitten in die deutsche Batterie. Der Sand spritzt nach allen Seiten, das Geschoß liegt offen in der Höhlung. Jeden Augenblick kann es losgehen und alles Lebende ringsum töten. Da schießt dem Unteroffizier Heinemann der Gedanke durch das Gehirn: Lieber einer als alle! Er springt hin, rafft das schwere Geschoß auf und schleppt es an den Leib gepreßt eilends aus der Batterie hinaus. Wäre es in diesen Sekunden geplatzt, er wäre in tausend Stücke zerrissen worden. Aber die Tat glückte. Eine Strecke außerhalb der Stellung legte er die gefährliche Last zur Erde und eilte zurück. Doch kaum ist er eine Strecke gesprungen, da war die Zeit der Granate gekommen. Sie zersprang mit furchtbarem Brüllen und spritzte ihren totbringenden Eisenhagel nach allen Seiten. Wie durch ein Wunder aber blieb der Tapfere heil. Nur ein Splitter traf ihn in die Ferse, und als sieben Stunden später die Festung fiel, konnte er noch siegreich mit einziehen.

„Hamburger
Fremdenblatt".

Der Schatzgräber.

Ein Winzer, der am Tode lag,
Rief seine Kinder an und sprach:
„In unserm Weinberg liegt ein
Schatz,
Grabt nur darnach!" — „An
welchem Platz?"
Schrie alles laut den Vater an. —
„Grabt nur!" O weh, da starb der
Mann.

Kaum war der Alte beigeschafft,
So grub man nach aus Leibeskraft.
Mit Hacke, Karst und Spaten ward
Der Weinberg um und um
gescharrt.
Da war kein Kloß, der ruhig blieb;
Man warf die Erde gar durchs Sieb
Und zog die Harken kreuz und
quer
Nach jedem Steinchen hin und her.
Allein da ward kein Schatz verspürt
Und jeder hielt sich angeführt.

Doch kaum erschien das nächste
Jahr,
So nahm man mit Erstaunen wahr,
Daß jede Rebe dreifach trug.
Da wurden erst die Söhne klug
Und gruben nun jahrein, jahraus
Des Schatzes immer mehr heraus.

Gottfr. Aug.

68

Bürger.

Hoffnung.

Es reden und träumen die
Menschen viel
von bessern künftigen Tagen,
nach einem glücklichen, goldenen
Ziel
sieht man sie rennen und jagen.
Die Welt wird alt und wird
wieder jung,
doch der Mensch hofft immer
Verbesserung.
Die Hoffnung führt ihn ins
Leben ein,
sie umflattert den fröhlichen
Knaben,
den Jüngling locket ihr
Zauberschein,
sie wird mit dem Greis nicht
begraben;
denn beschließt er im Grabe den
müden Lauf,
noch am Grabe pflanzt er die
Hoffnung auf.
Es ist kein leerer, schmeichelnder
Wahn,
erzeugt im Gehirne des Toren;
im Herzen kündet es laut sich an:
Zu was Besserm sind wir
geboren.
Und was die innere Stimme
spricht,
das täuscht die hoffende Seele

nicht.

Friedrich von
Schiller.

Der beste Empfehlungsbrief.

Auf das Ausschreiben eines Kaufmanns, durch welches ein Laufbursche gesucht wurde, meldeten sich fünfzig Knaben. Der Kaufmann wählte sehr rasch einen unter denselben und verabschiedete die andern. „Ich möchte wohl wissen," sagte ein Freund, „warum du gerade diesen Knaben, der doch keinen einzigen Empfehlungsbrief hatte, bevorzugtest?" „Du irrst," lautete die Antwort, „dieser Knabe hatte viele Empfehlungen. Er putzte seine Füße ab, ehe er ins Zimmer trat, und machte die Türe zu; er ist daher sorgfältig. Er gab ohne Besinnen seinen Stuhl jenem alten, lahmen Manne, was seine Herzensgüte und Aufmerksamkeit zeigt. Er nahm seine Mütze ab, ehe er hereinkam, und antwortete auf meine Fragen schnell und sicher; er ist also höflich und hat gute Sitten. Er hob das Buch auf, welches ich absichtlich auf den Boden gelegt hatte, während alle übrigen dasselbe zur Seite stießen oder darüber stolperten. Er wartete ruhig und drängte sich nicht heran — ein gutes Zeugnis für sein anständiges Benehmen. Ich bemerkte ferner, daß sein Rock gut ausgebürstet und seine Hände und sein Gesicht rein waren. Nennst du dies alles keinen Empfehlungsbrief? Ich gebe mehr darauf, was ich von einem Menschen weiß, nachdem ich ihn zehn Minuten lang gesehen, als auf das, was in schön klingenden Empfehlungsbriefen geschrieben steht."

Magdeburger
Zeitung.

Reinlichkeit.

Rein gehalten dein Gewand, rein
gehalten Mund und Hand!
Rein das Kleid von Erdenputz, rein die
Hand von Erdenschmutz!
Sohn, die äußre Reinlichkeit ist der
innern Unterpfand.

Friedrich Rückert.

Hermann Billings Berufung.

Es war um das Jahr 940 nach Christi Geburt, da hütete
nicht weit von Hermannsburg in der Lüneburger Heide ein
dreizehn- bis vierzehnjähriger Knabe die Rinderherde seines
Vaters auf der Legde[3], als plötzlich ein prächtiger Zug von
gewappneten Rittern dahergezogen kam. Der Knabe sieht
mit Lust die blinkenden Helme und Harnische, die
glänzenden Speere und die hohen Reitersleute an und denkt
wohl in seinem Herzen: das sieht noch nach was aus! Aber
plötzlich biegen die Reiter von der sich krümmenden Straße
ab und kommen querfeldein auf die Legde zugeritten, wo er
hütet. Das ist ihm zu arg; denn das Feld ist keine Straße,
und das Feld gehört seinem Vater. Er besinnt sich kurz, geht
den Rittern entgegen, stellt sich ihnen in den Weg und ruft
ihnen mit dreister Stimme zu: „Kehrt um; die Straße ist euer,
das Feld ist mein."

Ein hoher Mann, auf dessen Stirn ein majestätischer Ernst
thront, reitet an der Spitze des Zuges und sieht ganz
verwundert den Knaben an, der es wagt, sich ihm in den
Weg zu stellen. Er hält sein Roß an und hat seine Freude an
dem mutigen Jungen, der so kühn und furchtlos seinen
Blick erwidert und nicht vom Platze weicht.

„Wer bist du, Knabe?" „Ich bin Hermann Billings ältester
Sohn und heiße auch Hermann, und dies ist meines Vaters

Feld; Ihr dürft nicht darüber reiten."

„Ich will's aber," erwiderte der Ritter mit drohendem Ernst; „weiche, oder ich stoße dich nieder." Dabei erhob er den Speer. Der Knabe aber bleibt furchtlos stehen, sieht mit blitzendem Auge zu dem Ritter hinauf und spricht: „Recht muß Recht bleiben, und Ihr dürft nicht über das Feld reiten, Ihr reitet denn über mich weg."

„Was weißt du von Recht, Knabe?" — „Mein Vater ist der Billing[4]," antwortete der Knabe; „vor einem Billing darf niemand das Recht verletzen."

Da ruft der Ritter noch drohender: „Ist das denn Recht, Knabe, deinem Könige den Gehorsam zu versagen? Ich bin Otto, dein König."

„Ihr wäret Otto, unser König, von dem mein Vater uns so viel erzählt? Nein, Ihr seid es nicht! König Otto schützt das Recht, und Ihr brecht das Recht: Das tut Otto nicht, sagt mein Vater."

„Führe mich zu deinem Vater, braver Knabe," antwortete der König, und eine ungewöhnliche Milde und Freundlichkeit erglänzte auf seinem ernsten Angesichte.

„Dort ist meines Vaters Hof, Ihr könnt ihn sehen," sagte Hermann; „aber die Rinder hier hat mir mein Vater anvertraut; ich darf sie nicht verlassen, kann Euch also auch nicht führen. Seid Ihr aber Otto der König, so lenket ab vom Felde auf die Straße; denn der König schützt das Recht."

Und der König Otto der Große gehorchte der Stimme des Knaben und lenkte sein Roß zurück auf die Straße.

Bald wird Hermann vom Felde geholt. Der König ist bei seinem Vater eingekehrt und hat zu ihm gesagt: „Billing, gib mir deinen ältesten Sohn mit; ich will ihn bei Hofe erziehen lassen; er wird ein treuer Mann werden, und ich brauche treue Männer." Und welcher gute Sachse konnte einem Könige wie Otto etwas abschlagen?

So sollte denn der mutige Knabe mit seinem Könige ziehen, und als Otto ihn fragte: „Hermann, willst du mit mir ziehen?" Da antwortete der Knabe freudig: „Ich will mit dir ziehen; du bist der König, denn du schützest das Recht."

Otto übergab den jungen Billing guten Lehrmeistern, in deren Pflege und Leitung er zu einem tugendlichen und tüchtigen Manne erwuchs. Der König hielt ihn für einen seiner nächsten Freunde und vertraute dermaßen der Klugheit, Tapferkeit und Treue seines Pfleglings, daß er, als er seine Römerfahrt antrat, ihm das eigene angestammte Herzogtum Sachsen zur Verwaltung übergab. Dieser Hermann Billing ist der Ahnherr eines blühenden Geschlechtes geworden, welches bis zum Jahre 1106 dem Sachsenlande seine Herzoge gab.

Ferdinand
Bäßler.

Wohltun macht Freunde.

Ein Venetianer, der häufig das Fichtelgebirg besuchte, um da nach edlen Metallen besonders nach Goldkörnern zu graben, kehrte oft bei einem Landmanne in Wülfertsreuth ein, der ihn gastfreundlich aufnahm und ihm bot, was er vermochte. Einstmals kam er wieder, jedoch um für immer Abschied zu nehmen. „Ich kehre jetzt in meine Heimat zurück, um die Früchte meiner langjährigen Mühen friedlich zu genießen," sagte er, „und werde wohl nie mehr deine gastliche Schwelle überschreiten. Wenn du jedoch einst irgend ein Anliegen auf dem Herzen hast, so komme zu mir in das ferne Venedig und ich will dir von deinem Kummer helfen. Ich glaube, ich werde dich noch bei mir sehen." Er schied.

Und siehe, nach langen Jahren zogen schwere Wolken über das kleine Haus, so daß der arme Mann keinen Retter mehr wußte aus Not und Sorgen als seinen alten Freund in Welschland. Da machte er sich auf, pilgerte gen Süden und erreichte glücklich die große Meerstadt. Nun ward ihm aber bange, als er die weiten Straßen beschaute. Wie wollte er seinen Freund ausfindig machen, dessen fremden Namen er längst vergessen?

Als er jedoch in halber Verzweiflung die köstlichen Paläste ringsum anstarrte, da rief es plötzlich aus einem derselben: „Hans, Hans!" und ein vornehmer Mann stürzte heraus, um den Staunenden zu umarmen. War das der Venetianer in den schlechten, schwarzen Kleidern, den er einst beherbergt? Der war es. Der reiche Mann hatte den Fichtelberger an der Tracht wiedererkannt und führte diesen hinauf in die Säle voll Pracht und Reichtum und vergalt ihm nun alles tausendfach, was er dem Fremdling einst in seiner Heimat Gutes getan. Reich beschenkt kam Hans zurück und führte von da an ein sorgenfreies Leben.

Schöppner,
Sagenbuch

Das Loch im Ärmel.

Ich hatte einen Spielgesellen und Jugendfreund, Namens Albrecht, erzählte einst Herr Marbel seinem Neffen. Wir beide waren überall und nirgends, wie nun Knaben sind, wild und unbändig. Unsere Kleider waren nie neu, sondern schnell besudelt und zerrissen. Da gab es Schläge zu Hause, aber es blieb beim alten. Eines Tages saßen wir in einem öffentlichen Garten auf einer Bank und erzählten einander, was wir werden wollten. Ich wollte Generalleutnant, Albrecht Generalsuperintendent werden.

„Aus euch beiden gibt's in Ewigkeit nichts!" sagte ein steinalter Mann in feinen Kleidern und weißgepuderter Perücke, der hinter unserer Bank stand und die kindlichen Entwürfe angehört hatte.

Wir erschraken. Albrecht fragte: „Warum nicht?"

Der Alte sagte: „Ihr seid guter Leute Kinder, ich sehe es eueren Röcken an, aber ihr seid zu Bettlern geboren; würdet ihr sonst diese Löcher in eueren Ärmeln dulden?" Dabei faßte er jeden von uns an dem Ellenbogen und bohrte mit den Fingern im durchgerissenen Ärmel hinauf. — Ich schämte mich, Albrecht auch. „Wenn's euch," sagte der alte Herr, „zu Hause niemand zunäht, warum lernt ihr es nicht selbst? Im Anfang hättet ihr den Rock mit zwei Nadelstichen geheilt, jetzt ist's zu spät, und ihr kommt wie Bettelbuben. Wollt ihr Generalleutnant werden, so fangt an beim Kleinsten. Erst das Loch im Ärmel geheilt, ihr Bettelbuben, dann denkt an etwas anderes!"

Wir beide schämten uns von Herzensgrund, gingen schweigend davon und hatten das Herz nicht, etwas Böses über den bösen Alten zu sagen. Ich aber drehte den

Ellenbogen des Rockärmels so herum, daß das Loch einwärts kam, damit es niemand erblicken möchte. Ich lernte von meiner Mutter das Nähen spielend; denn ich sagte nicht, warum ich's lernen wollte. Wenn sich jetzt an meinen Kleidern eine Naht öffnete, ein Fleckchen sich durchschabte, ward's sogleich gebessert. Das machte mich aufmerksam; ich mochte an zerrissenen Kleidern nun nicht mehr Unreinlichkeit leiden. Ich ging sauberer, ward sorgfältiger, freute mich und dachte, der alte Herr in der schneeweißen Perrücke hätte so unrecht nicht. Mit zwei Nadelstichen zu rechter Zeit rettet man einen Rock, mit einer Hand voll Kalk ein Haus; aus roten Pfennigen werden Taler, aus kleinen Samenkörnern Bäume, wer weiß wie groß.

Albrecht nahm die Sache nicht so streng. Es ward sein Schaden. Wir waren beide einem Handelsmanne empfohlen; er verlangte einen Lehrburschen, der im Schreiben und Rechnen geübt war. Der Herr prüfte uns, dann gab er mir den Vorzug. Meine alten Kleider waren hell und sauber; Albrecht im Sonntagsrocke ließ Nachlässigkeiten sehen. Das sagte mir der Herr Prinzipal nachher. „Ich sehe Ihm an," sagte er, „Er hält das Seine zu Rat; aus dem anderen gibt's keinen Kaufmann." Da dachte ich wieder an den alten Herrn und an das Loch im Ärmel.

Ich merkte wohl, ich hatte in anderen Dingen, in meinen Kenntnissen, in meinem Betragen, in meinen Neigungen noch manches Loch im Ärmel. Zwei Nadelstiche zur rechten Zeit bessern alles ohne Mühe, ohne Kunst. Man lasse nur das Loch nicht größer werden, sonst braucht man für das Kleid den Schneider, für die Gesundheit den Arzt. — Es gibt nichts Unbedeutendes noch Gleichgültiges, weder im Guten noch im Bösen. Wer das glaubt, kennt sich und das Leben nicht. Mein Prinzipal hatte auch ein abscheuliches Loch im Ärmel, nämlich er war rechthaberisch, zänkisch, launenhaft; das brachte mir oft Verdruß. Ich widersprach, da gab es

Zank. Holla, dachte ich, es könnte ein Loch im Ärmel geben und ich ein Zänker und gallsüchtig und unverträglich wie der Herr Prinzipal werden. Von Stunde an ließ ich den Mann recht haben; ich begnügte mich, recht zu tun, und bewahrte meinerseits den Frieden.

Als ich ausgelernt hatte, trat ich in eine andere Stellung. Da ich gewöhnt war, mit wenigen Bedürfnissen des Lebens froh zu sein (denn wer viel hat, ist nie ganz froh), so sparte ich manches, und da ich auch gewöhnt war, mir kein Loch im Ärmel zu verzeihen, aber schonend über dasjenige an fremden Ärmeln wegzusehen, war alle Welt mit mir zufrieden, wie ich mit aller Welt. — So hatte ich beständig Freunde, beständig Beistand, Zutrauen, Geschäfte. Gott gab Segen. Der Segen liegt im Rechttun und Rechtdenken, wie im Nußkerne der fruchttragende hohe Baum.

So wuchs mein Vermögen. Wozu denn? fragte ich; du brauchst ja nicht den zwanzigsten Teil davon. — Prunk damit treiben vor den Leuten? — Das ist Torheit. Soll ich in meinen alten Tagen noch ein Loch im Ärmel aufweisen? — Hilf anderen, wie dir Gott durch andere geholfen hat. Dabei bleibt's. Das höchste Gut, das der Reichtum gewährt, ist zuletzt Unabhängigkeit von den Launen der Leute und ein großer Wirkungskreis. — Jetzt, Konrad, gehe auf die hohe Schule, lerne etwas Rechtes; denke an den Mann mit der schneeweißen Perücke; hüte dich vor dem ersten kleinen Loche im Ärmel; mach es nicht wie mein Kamerad Albrecht! Er ward zuletzt Soldat und ließ sich in Amerika totschießen.

Heinrich
Zschokke.

Der gekreuzte Dukaten.

„Wenn ich nur hunderttausend Gulden hätte!" Das hast du vielleicht auch schon oft gedacht oder gesagt. Wenn du aus einem Talerlande bist, ist es dir nicht darauf angekommen und hast hunderttausend Taler daraus gemacht, obgleich das ein Erkleckliches mehr ist. Ich nehme dir den Hunderttausendwunsch nicht übel, es ist keine schlimme Sache ums Reichsein, aber das Glück macht es doch nicht aus. Davon kann ich eine besondere Geschichte erzählen.

Ein junger Mann hatte seine Hunderttausend geerbt, und er begnügte sich auch damit. Er wollte bloß sein Geld verzehren, arbeiten aber wollte er nicht; das, meinte er, sei nur etwas für unbemittelte Leute. So hatte also der Herr Adolf gar kein Geschäft als Essen, Trinken, Schlafen, Spazierengehen oder Reiten, und was ihm sonst noch einfiel. Ja, das Aus- und Anziehen war ihm viel zu viel, und er hielt sich einen Kammerdiener. Wenn er des Morgens erwachte, wußte er eigentlich gar nicht, warum er aufstehen sollte; es wartete kein Geschäft und darum keine rechte Freude auf ihn. Darum blieb er auch fein liegen, bis ihm auch das zu beschwerlich wurde. Fast ging es ihm wie jenem Engländer, der aus purer Langeweile, um sich nicht mehr aus- und anziehen zu müssen, sich das Leben nahm.

Herr Adolf machte dann jeden Vormittag seinen Spaziergang, damit er den Nachmittag für sich frei und nichts mehr zu tun habe. Meist lag er auf dem Kanapee, gähnte und rauchte. Dabei hatte er mitunter noch seine besonderen Gedanken. Jeder Mensch, dachte er, hat so seine Summe von Kraft mit auf die Welt bekommen, die für seine siebenzig Jährlein oder auch mehr ausreichen muß. Wenn ich also einen schweren Stuhl von einem Ort an den andern hebe, ist damit ein Stück von meiner Lebenskraft aufgewendet und verbraucht — darum laß ich's hübsch bleiben. Auf solche Gedanken kann ein Nichtstuer kommen.

Der Herr Adolf ward aber dick und oft kränklich und mußte seinen Leib pflegen. Das war auch ein Geschäft.

Das Jahr durch ging dem Herrn Adolf manch schönes Stück Geld durch die Hand, und dabei hatte er die besondere Liebhaberei, daß er bei jeder Goldmünze, die er ausgab, ein kleines, zierliches Kreuz unter die Nase des geprägten Herrschers machte. Er dachte wenig dabei, denn er hatte ja Gold genug; ihn kümmerte überhaupt nichts, wie es anderen Menschen ging, obgleich er manchmal aus angeborener Gutmütigkeit einem Armen etwas schenkte.

Ich will nur einmal sehen, dachte er, ob nach langer Umherwanderung in der Welt mir einmal wieder so ein Goldstück unter die Hände kommen wird. Da nun Herr Adolf gar nichts war, so nahm er sich ernstlich vor, etwas zu werden und er ward — ein Passagier. Das ist noch immer ein Titel, wenn man sonst weiter nichts ist. Er reiste nämlich von einer Stadt in die andere, von einem Land ins andere und ließ sich's überall wohl sein, und wo er etwas zu bezahlen hatte, da gab er die mit seinem Ordenskreuze gezierten Goldstücke hin. Noch nie aber war es ihm vorgekommen, daß er eins wiedergesehen hätte. Endlich ward er des Herumreisens auf dem festen Lande müde, er verließ die Alte Welt und schiffte sich nach Amerika ein.

Nun war der Herr Adolf noch etwas mehr als ein Passagier, er war sogar ein Auswanderer. Diesmal aber ging's gar schlecht auf der See. Fünf Tage und fünf Nächte wütete ein gewaltiger Sturm. Alles, was auf dem Schiffe war, mußte Hand ans Werk legen, aber vergebens — das Schiff ging unter, und nur der Beherztheit des Schiffshauptmanns gelang es, die Mannschaft und die Reisenden in einer

Schaluppe zu retten. Nach zwei Tagen fürchterlichen Umherirrens und schrecklicher Hungersnot, in welcher viele starben, wurden die Verschlagenen von einem Kauffahrteischiffe aufgenommen und in den Hafen zu Boston gebracht.

Arm, hilflos und verlassen irrte hier Adolf umher, und er wünschte sich oft, daß er mit den anderen von den Wellen begraben wäre. Da sah er einen Mann eilig des Weges gehen; mit niedergeschlagenem Blicke bat er ihn um eine Gabe. Der Mann griff in die Tasche, reichte ihm ein Stück Geld und war schnell verschwunden. Als Adolf wieder seinen Blick emporhob und das Geld betrachtete, wollte er seinen Augen kaum trauen, es war ein Dukaten, der das Ordenszeichen von seiner eigenen Hand unverkennbar trug.

Sei es nun, daß der Mann sich vergriffen hatte, oder daß er wirklich eine so namhafte Gabe schenken wollte, Adolf dachte nicht lange darüber nach, und er weinte helle Tränen auf das einzige Goldstück, das ihm von seinem ganzen Reichtum als Bettlergabe wieder zugekommen war. Mit Wehmut dachte er daran, daß er es wieder weggeben und vielleicht nie mehr sehen solle. Da begegnete ihm eine große Menge von Arbeitern, die an einer Straße arbeiteten; schnell war er entschlossen und ließ sich unter ihre Zahl einschreiben. Ein sonderbarer Gedanke tröstete ihn bei dieser ungewohnten Lebensweise. Ich brauchte eigentlich nicht zu arbeiten, sagte er sich in der ersten Zeit und fühlte dann an seine Brust, wo er den Dukaten verborgen hatte, ich habe ja Geld und könnte eine ganze Woche und länger davon leben oder etwas anderes damit anfangen; aber ich arbeite, weil mir's Vergnügen macht. Dann aber machte er einen Spaß daraus und sagte oft: „Ich arbeite bloß zu meinem Vergnügen. Ich arbeite, damit ich was zu essen habe, und das Essen macht mir dann Vergnügen, also arbeite ich zu meinem Vergnügen." Nach und nach aber erkannte er, daß nichts Entwürdigendes, ja die Ehre und der Lebenszweck allein darin liege, für den Genuß seines Daseins und für das, was man von der Welt hat, auch etwas für sie zu tun. Früher hatte er gedacht, durch das Wegrücken eines Stuhles, ja durch jede Tätigkeit seine Lebenskraft zu schwächen; jetzt erkannte er, daß, je mehr man seine Kräfte braucht, sie um so mehr wachsen und zunehmen, daß die Lebenskraft durch Tätigkeit immer neu erzeugt wird.

So war Adolf, für den die Straßen früher nur dagewesen waren, um als vergnügungssüchtiger Reisender darauf herumzurutschen, ein Bahnmacher und Straßenarbeiter für andere. Mit der Zeit aber gelangte er auch zur Stelle eines Aufsehers bei dem Straßenbau und erfreute sich in dem

Gedanken, daß von seinem Dasein auf der Welt noch andere Spuren hinterblieben als die bloßen Kreuze auf dem Gelde, das ihm durch die Hand gegangen war. Lange Zeit hatte er den Dukaten als Andenken aufbewahrt, bis er endlich eingesehen, daß auch dieser nicht ruhen darf in dem großen Weltverkehre, und er schenkte ihn einer Witwe, deren Mann beim Straßenbau verunglückt war.

Berthold
Auerbach.

Der Solnhofer Knabe.

An der Altmühl, ungefähr eine Viertelstunde unterhalb Solnhofen, ist eine Glashütte im Gang. Das Holz zu den Öfen kann leicht über die jähen Bergwände herabgelassen werden und der reine, zuckerweiße Sand findet sich da und dort in Nestern unter dem Rasen.

Ehe man anfing, diesen Sand in Glas zu verwandeln, bestreuten oder fegten schon die Hausfrauen in der Umgegend ihre Stubenböden, Tische, Bänke, hölzernen Geschirre usw. damit und kauften ihn von Weibern, die ihn bei Solnhofen gruben und in kleinen Säckchen zum Verkauf in die umliegenden Orte trugen.

In der ältesten Zeit befaßte sich eine Zeitlang nur ein einziges Weib mit diesem beschwerlichen Handel, bei welchem sie oft über fünfzig Pfund auf dem Rücken aus- und nur ein paar Heller in der Tasche dafür heimtrug. Es war eine Witwe in mittlerem Alter. Sie hatte einen zwölfjährigen Knaben, der im Sommer die Ziegen des Ortes hütete und im Winter mit seiner Mutter in den unterirdischen Felsklüften Sandnester aufsuchte und ausbeutete, wenn man vor Schnee und Eis in den Boden kommen konnte.

Einmal in einem besonders harten Winter wollte es den
guten Leuten gar nicht gelingen. Lange war der Boden bald
so fest gefroren und bald so hoch mit Schnee bedeckt, daß
sie gar nicht zu ihrer unterirdischen Nahrungsquelle
gelangen konnten. Der kleine Vorrat an Sand, den sie sich
im Herbst gegraben hatten, ging zu Ende und mit ihm das
Brot, das sie sich für die erlösten Pfennige aus den
benachbarten Orten mitzunehmen pflegten. An den
Sommerseiten der Berge, wo die Februarsonne die dünneren

Schneeschichten weggeleckt hatte, fingen sie nun an zu schürfen, aber überall und immer ohne Erfolg. Ihre Werkzeuge zerbrachen und sie hatten noch kein weißes Sandkorn gefunden. Dazu ging das Futter für die Ziegen auf die Neige und in der Hütte waren nun vier Geschöpfe, denen der Hunger aus den Augen sah. Das einzige, was sie noch unter sich teilen konnten, war eine Kufe mit eingestampften Rüben und weißem Kohl; aber auch diese stritten schon mit der Verwesung, weil sie nur wenig gesalzen waren. Die Geißen erhielten ihren Anteil roh, wie er aus der Kufe kam; die Portionen für sich und ihren Knaben kochte die Witwe und salzte sie oft mit ihren bitteren Kummertränen; denn es war damals unter ihrem Dache wie in der Hütte der Witwe von Zarpath, als sie dem Propheten antwortete: „So wahr der Herr, dein Gott, lebt, ich habe nichts Gebackenes, nur eine Hand voll Mehl im Topf und ein wenig Öl im Kruge. Und siehe, ich habe Holz aufgelesen und gehe hinein und will es mir und meinem Sohne zurichten, daß wir essen und sterben."

Der Knabe liebte seine Mutter und bewies seine Liebe meistens dadurch, daß er nie über seinen Hunger klagte, sondern geduldig von einer Mahlzeit auf die andere wartete und überhaupt alles vermied und verbarg, was ihr das Herz noch schwerer machen konnte. Aber fast die ganze andere Hälfte seines Herzens war den Ziegen zugewandt und es wollte ihm brechen, wenn er sah, wie sie, von Hunger getrieben, an der Kufe hinaufsprangen und vergebens Hals und Zunge streckten, um die Neige darin zu erreichen. Hätten sie von seinen schönen Worten und Vertröstungen auf den nahen Frühling satt werden können, dann hätten sie mehr als genug gehabt; aber so wurden sie immer magerer. Der Knabe entschloß sich endlich, für sie zu tun, was er noch nicht einmal für seine Mutter getan hatte.

In Solnhofen war ein Benediktinerkloster. An die Pforte

derselben pochte der Knabe mit dem schweren eisernen Klöpfel, der daran hing, und antwortete dem Bruder Pförtner, der nach seinem Begehren fragte, er müsse mit dem Abt selbst reden. Er wurde vor diesen ehrwürdigen Diener Gottes geführt, küßte ihm die Hand und bat, er möchte ihm doch nur erlauben, das Heu aufzulesen, das die Klosterkühe unter den Barren und unter die Streu würfen; denn seine zwei Ziegen waren am Verhungern. Den Abt überraschte anfangs die Bitte, deren Gewährung gar leicht mißbraucht oder wenigstens zu einer großen Versuchung werden konnte; aber bald überzeugte er sich, mit was für einer aufrichtigen und redlichen Seele er es zu tun habe. Er fragte unter andern Dingen nach dem wenigen, was nach den damaligen Anforderungen der Kirche ein Christ wissen sollte. Der Knabe sagte seinen Glauben, sein Vaterunser nebst einigen anderen kürzeren Gebeten gut her und beantwortete munter etliche Fragen aus den Evangelien. Nun sprach der Abt: „Mein Söhnlein, du darfst alle Tage, wenn unsere Kühe zur Tränke getrieben werden, kommen und holen, was sie unter dem Barren liegen lassen, und wenn der Bruder Küchenmeister etwas übrig hat, so wird er es dir auch mitgeben für dich und deine Mutter." Dann segnete er den Knaben und entließ ihn froh getröstet.

In der Hütte der Witfrau hatte nun die Not ein Ende. Bald kam auch der warme und freundliche Frühling, die Witwe entdeckte wieder eine ergiebige Sandgrube und ihr Benedikt trieb als gedungenes Ziegenhirtlein die Ziegen des Dorfes auf die hohen, luftigen Berge. In die Kost ging er bei den einzelnen Besitzern der Ziegen der Reihe nach. Sein Osterlamm aß er im Kloster, seinen Pfingstkuchen buk ihm die Wirtin, seinen Kirchweihschmaus hielt er in der neuen Mühle und seinen Namenstag feierte er wieder mit den Benediktinern.

An Unterhaltung fehlte es ihm auch auf den einsamen

Höhen nicht. Da lag der damals noch unbenützte Kalkschiefer so am Tage, daß es ihm leicht war, Platten davon herauszuheben und aus ihnen mit einem ganz kleinen Hammer, den ihm noch sein verstorbener Vater gemacht hatte, regelmäßige Vierecke zu fertigen.

Was man so unrichtiger- und sündhafterweise Zufall nennt,
führte den Knaben zu einer wichtigen Erfindung. Benedikt
legte einmal eine Schieferplatte, wie er sie aus dem Boden
gebrochen hatte, auf seinen Schoß, zeichnete mit einer Kohle
von seinem Hirtenfeuer ein Viereck darauf und sprach dann
bei sich: „Wenn ich fünfzig solche viereckige Tafeln hätte,
könnte ich meine ganze Hausflur damit belegen, wo jetzt die
Hühner scharren, wenn es draußen regnet. Während er dies
dachte, klopfte er mit seinem Hämmerlein auf dem einen
schnurgeraden Kohlenstrich sanft auf und ab; denn er
freute sich über den hellen Klang der Platte. Auf einmal
wurden die hellen Töne dumpf und immer dumpfer wie bei
einer zersprungenen Glocke und zuletzt sprang die Tafel
gerade in der Richtung des Kohlenstrichs entzwei. „Ist es da
so gegangen," dachte Benedikt, „so kann es bei den übrigen
drei Seiten ebenso gehen." Er hämmerte auch auf dem
zweiten Kohlenstrich eine Weile vorwärts und rückwärts.
Sein Schluß war richtig. Nachdem er noch einige Minuten
so fortgemacht hatte, lag eine vollkommen viereckige Platte
auf seinen Knieen. Eine zweite gelang nicht minder. Früher
schon hatte er manchmal zwei Schiefertrümmer aneinander

gerieben, um sie zu polieren, und gefunden, daß er damit am schnellsten zustande kam, wenn er von dem Sande, womit seine Mutter handelte, dazwischen tat und Wasser dazu nahm. Diese frühere Erfindung wandte er nun auf seine Pflastersteine an und gewann so einige sehr schöne Platten. Indes trieb er dies alles als eine bloße Spielerei und sagte davon niemand etwas, selbst seiner Mutter nicht. Seine schönsten Tafeln verbarg er da und dort unter einem Busch, wie etwa ein Hirtenknabe an der Donau schöne Kiesel, die er in ihrem Bette findet, in einem hohlen Weidenstamme aufhebt.

Eines Abends aber, als er eingetrieben hatte und seiner Mutter gegenüber an der Suppenschüssel saß, erzählte sie ihm, daß sie mit Sand in Eichstätt gewesen und dort dem Bischof so nahe gekommen sei, daß sie jedes seiner Worte verstanden habe.

„Was sagte er denn?" fragte Benedikt.

„Er stand", antwortete die Witwe, „mitten unter den Domherren in der neuen Kirche, die er hat bauen lassen, und beratschlagte mit ihnen, mit was für Steinen der Fußboden belegt werden dürfte. Der eine riet dies und der andere das, bis der hochwürdige Herr der Unterredung damit ein Ende machte, daß er sagte: „Nun, morgen um die elfte Stunde haben wir die fremden Steinmetzen hieher bestellt und wollen die Proben schauen, die sie von allerlei Sand- und Marmelsteinen bei sich haben. Aber wir fürchten, ein solches Pflaster möchte für unsern bischöflichen Beutel zu teuer kommen. Wir werden uns wohl die Backsteine gefallen lassen müssen, die am wohlfeilsten sind."

„So, so!" versetzte Benedikt, warf seinen Löffel von Horn in die Tischlade, wünschte seiner Mutter eine gute Nacht und ging unter das Dach hinauf in seine Schlafstätte.

Das Sandweib hatte übrigens den Fürstbischof ganz recht verstanden. Schon bald nach der zehnten Stunde des Morgens versammelten sich in der neuen Kirche zu Eichstätt, in der von der Hand des Maurermeisters nichts mehr fehlte als das Pflaster, etliche Steinmetzen, die der Bischof aus Tirol, dem Fichtelgebirge und dem Rheingau auf seine Kosten berufen hatte. Die Steinproben trugen ihnen ihre Gesellen in kleinen, hölzernen Kästchen nach und stellten sie nebeneinander auf eine lange Tafel. Darauf fanden sich nach und nach mehrere Grafen und Herren aus der Nachbarschaft ein, die schon reichlich zu dem Kirchenbau beigesteuert hatten und nun auch noch bei dem Pflaster ein übriges tun sollten. Endlich erschien auch der Fürstbischof mit allen seinen Domherren und seinen weltlichen Beamten hinter sich. Als alle beisammen waren, schien es fast, als sollte eine Kirchenversammlung gehalten werden, so viele waren ihrer.

Der Bischof nahm nun die schöngeschliffenen Proben aus den Kästlein, eine nach der andern und es war keine darunter, die ihm und seinem Gefolge nicht gefallen hätte. Auch waren zum Teil die kleinen Marmelsteine in den Schubladen so nebeneinander gelegt, weiße und schwarze, gelbe und graue, bunte und einfarbige, daß man schon im kleinen sehen konnte, wie herrlich schön ein Steinpflaster davon im großen ausfallen würde. Aber als die fremden Steinmetzen nacheinander sagten, was der Quadratfuß davon schon an Ort und Stelle koste, und als der Baumeister an den Fingern berechnete, wieviel Quadratfuß er brauche, und als der Rentmeister die Totalsumme in Goldgulden aussprach, fuhr der Bischof mit der Hand hinter das Ohr und sein Schatzmeister schüttelte mit dem Kopf und die Grafen und Herren machten große Augen und sahen einander schweigend an.

In diesem Augenblick entstand unter dem Hauptportal der

Kirche ein Geräusch. Zwei Trabanten des Fürstbischofs wollten einen barfüßigen Bauernknaben nicht hereinlassen und hielten ihre Hellebarden vor; aber der Knabe duckte sich, schlüpfte darunter hinweg wie eine Henne unter der Gartentüre und drängte sich dann ohne Umstände mitten durch die Versammlung, bis er vor dem Bischof stand, dem er den Saum seines Kleides küßte. Seine Mütze, an der nicht viel zu verkrüppeln war, nahm er zwischen die Kniee, drei viereckige und zolldicke Schieferplatten, eine blaßgelbe, eine blaugraue und eine marmorierte, nahm er aus der Schürze, womit sie umwickelt waren, und legte sie auf die Tafel. Sie waren noch naß; denn er hatte sie erst in den Dombrunnen getaucht; desto mehr aber glänzten die geschliffenen Seiten und zeigten, wie schön die Steine erst dann werden würden, wenn eine kunstgeübte Hand darüber käme.

Seine Ware zu empfehlen, meinte der Knabe, sei nicht nötig, sondern er schaute nur einem von den Umstehenden nach dem andern ins Gesicht und wischte sich mit der Schürze den Schweiß von der Stirn. Als aber der Bischof anfing, ihn zu fragen, antwortete er munter und sprach: „Ich gehöre dem Sandweib von Solnhofen und die Steine habe ich auf dem Berge hinter dem Kloster gemacht. Wenn ihr noch mehr braucht, so dürft ihr mir nur euere Steinhauer mitgeben, so will ich ihnen zeigen, wie sie es anfangen müssen."

Der Knabe war Benedikt, unser Ziegenhirtlein. Er hatte nach der Abendsuppe, bei der ihm seine Mutter von der neuen Kirche in Eichstätt erzählte, nicht mehr geschlafen. Ein Gedanke, der ihm unter dem Essen gekommen war, trieb ihn durch die Hintertür hinaus auf den Berg, wo seine Steine lagen, und von da mit ihnen in der hellen Mondnacht gen Eichstätt, wohin er den Weg genau kannte von dem Sandhandel her. Seine Mutter erschrak freilich, als sie ihn in der Frühe wecken wollte und das Nest leer fand.

Sie konnte nicht einmal gehen, ihn zu suchen oder ihm nachzufragen; denn die Ziegen waren schon alle aus den Ställen gelassen und standen meckernd auf der Gasse oder naschten von den Blumenstöcken vor den Fenstern des Pfarrhauses. Übel oder wohl mußte sie tun, als wäre ihr Benedikt krank. Sie nahm Geißel und Stecken und trieb das Vieh selbst auf den Berg, wo sie den langen, langen Tag unter vergeblichem Warten in Sorge zubrachte. — Aber als sie abends hinter der gehörnten Schar das Dorf hinunterging, kamen einige Maultiere herauf, ihr entgegen. Auf dem vordersten saß ihr Benedikt hinter einem Knechte des Fürstbischofs, und zwar so munter, daß die Witfrau sogleich sah, es müsse ihm den Tag über nicht schlecht ergangen sein.

So war es auch. Der Bischof hatte sich sogleich für die Pflastersteine des Sandbuben entschieden und die fremden Steinmetzen wieder in ihre Heimat entlassen, den Knaben aber mit in sein Haus genommen, gespeist und ihm versichert, daß er für ihn und seine Mutter sorgen wolle. Dann hatte er ihn mit dem Baumeister, der das Steinlager untersuchen sollte, nach Solnhofen zurückgehen lassen.

Der Bischof hielt Wort. Nachdem Benedikt bei einem Meister Steinmetz in Eichstätt in der Lehre gewesen war, ließ er sich in Solnhofen nieder und hatte fortwährend so viele Bestellungen an Pflaster- und Quadersteinen, daß es ihm und seiner Mutter nie mehr an dem täglichen Brot fehlte.

Karl Stöber.

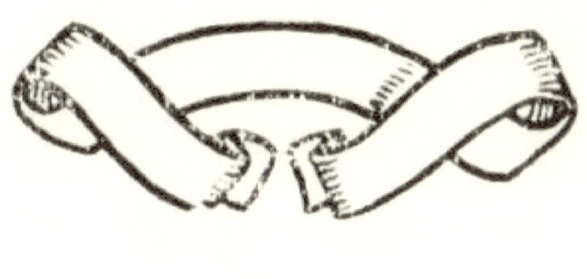

Hans Lustig.

Hans Lustig war armer Leute Kind, sein Vater war Schuhflicker, seine Mutter Wäscherin. Er war ein kleiner breitschulteriger Junge, etwa zwölf Jahre alt. Jeder, der ihn ansah, hatte seine Freude an dem munteren Knaben; denn wie aus seinen dürftigen Kleidern ein kräftiger, gesunder

Körper, ein Paar braune, feste Arme hervorguckten, so schaute aus seinen Gesichtszügen ein frischer lustiger Sinn hervor, so daß er seinen Namen nicht umsonst führte. Hans hatte von frühauf zu tun: für den Vater die Schuhe und Stiefel auszutragen, der Mutter die Wäsche zu hüten und allerlei Einkäufe für die kleine Wirtschaft zu besorgen. Die ganze Straße kannte den lustigen Buben, und weil er jeden so freundlich anlachte, suchten die Leute auch ihm allerlei Freude zu machen. Der Bäcker schenkte ihm oft einige Fastenbrezeln, die Kunden seines Vaters allerlei Kleidungsstücke oder irgend ein Spielzeug, und selbst manche blanke Kupfermünze brachte er seiner Mutter nach Hause, die sie in einer tönernen Sparbüchse verwahrte. Auch bei allen Kindern in der Nachbarschaft wurde der Hans bald beliebt. Als er älter wurde, war er bei allen Spielen der erste und wußte immer was Neues anzugeben. Alle Spiele gingen gut, wenn Hans dabei war. Da gab's niemals Zank und Streit; zankten sich wirklich zwei Kinder einmal, fuhr mein Hans dazwischen, machte jedem ein närrisches Gesicht, und alles mußte lachen.

Allmählich kam die Zeit heran, wo Hans ein Handwerk lernen sollte, und da er nach des Vaters Meinung zum Schuster nicht besonders geeignet war, so sollte er das Handwerk des Herrn Paten erlernen, der ein braver Schornsteinfegermeister und bei allen Leuten in der Nachbarschaft sehr angesehen war. Hans gefiel das Ding auch gar nicht übel. Mutig und gewandt schlüpfte er oben an den höchsten Häusern zu den Schornsteinen heraus; er wußte nichts von Schwindel, machte allerlei possierliche Faxen mit seinem Besen und sein russiges Gesicht lachte hinein in den blauen Himmel und hinab über die Stadt; dabei sang er wie ein Vogel auf dem Wipfel des Baumes.

Die Erwachsenen hatten Hans Lustig lieb und die Kinder auch, trotzdem er Schornsteinfeger war. Wollte man die

Kinder mit dem Feuerrüpel zu fürchten machen, lachten sie; sie wußten ja, daß der Feuerrüpel niemand anders war als der Hans Lustig, der keinem etwas zuleide tat, im Gegenteil allzeit freundlich und gut war, und manche Kinder hatten sogar den Mut, ihm eine Patschhand in seine berußte Rechte zu geben.

So wuchs unser Hans immer mehr heran und ward ein tüchtiger Schornsteinfeger voll Herzhaftigkeit und Behendigkeit. Er konnte klettern wie eine Katze. Das zeigte er bei dem großen Brande, als das alte Rathaus mitten in der Nacht plötzlich in hellen Flammen stand! Der alte Türmer hatte versäumt, das Feuerzeichen zu geben, und so stand das altertümliche Gebäude mit seinen wichtigen Akten und Urkunden bereits in Flammen, als man erst das Unglück gewahr wurde. Der alte Türmer war aber unschuldig; denn in derselben Nacht war er gestorben. Hans war einer der ersten auf der Brandstätte, und die Gefahr nicht achtend, stürzte er in das Gebäude und rettete einen Schrank, der die wichtigsten städtischen Urkunden enthielt.

Am Tage darauf ließ ihn der Rat der Stadt vor sich kommen, und der älteste Ratsherr belobte ihn, dankte ihm im Namen der Stadt und fragte, welche Belohnung er wünsche. Hans antwortete ohne langes Besinnen, man möge seinem Vater die erledigte Stelle als Türmer übertragen. Dieses wurde ihm auch sogleich gewährt. Man konnte nicht sagen, wer glückseliger war, Hans, der seinem Vater eine sorgenfreie Stelle verschafft hatte, oder der Vater selber, der durch den Mut und die Bravheit seines Sohnes so über alle Sorgen und recht eigentlich in die Höhe gehoben wurde.

Der alte Schuhflicker besserte nun hoch oben auf dem Turme das Schuhwerk für die Menschen aus, die da unten umherliefen. Hans, der immer eine besondere Lust und ein Geschick für die Musik gehabt hatte, begann jetzt, den Zinken blasen zu lernen. In kurzer Zeit brachte er es darin zu großer Fertigkeit.

Im selben Jahre, als er Soldat werden mußte, starben seine Eltern. Sie segneten ihn, denn er hatte ihnen viel Freude und Glück gebracht.

Beim Regimente wurde Hans Musiker und zeichnete sich hierbei so aus, daß er nach wenigen Jahren die erste Stelle in der Regimentsmusik erhielt. Wenn er in seiner betreßten Uniform unter den Musikern steht und den Takt schlägt, so sieht man ihm nichts mehr davon an, daß er vor Jahren voll Ruß und ein lustiger Schornsteinfeger war. Sein Titel heißt: Herr Kapellmeister; aber von alten Verwandten und Bekannten hat er's gern, wenn sie ihn Hans Lustig heißen, und er macht diesen Namen noch immer zur vollen Wahrheit.

Robert Reinick.

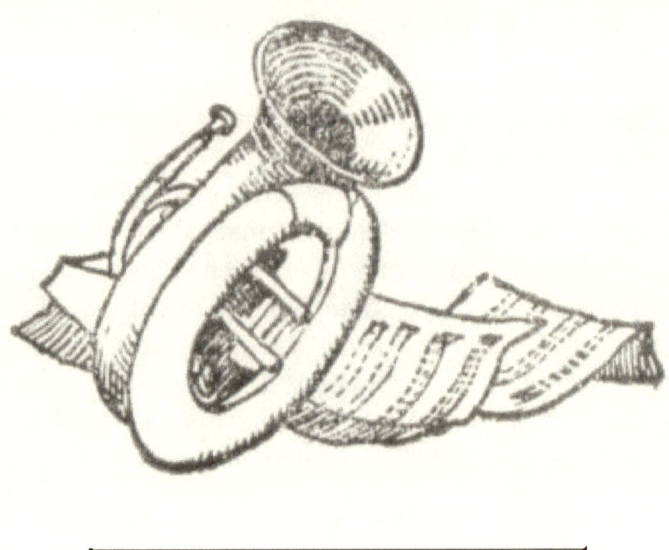

Inhalt.

Fußnoten:

[1] 1 Gulden = 1,71 Mk.; 1 Taler = 3.00 Mk.

[2] Haag = Residenzstadt in Holland.

[3] Legde (Lehde) = Weideland.

[4] B i l l ist im Sächsischen ein von der Volksgemeinde bestätigtes Gesetz. Der Mann, der darauf achten mußte, daß dieses Gesetz gehalten wurde, hieß B i l l i n g (Billung), soviel als heutzutage Schultheiß, Bürgermeister.

www.ingramcontent.com/pod-product-compliance
Lightning Source LLC
Chambersburg PA
CBHW032148010726
47493CB00008BA/2627